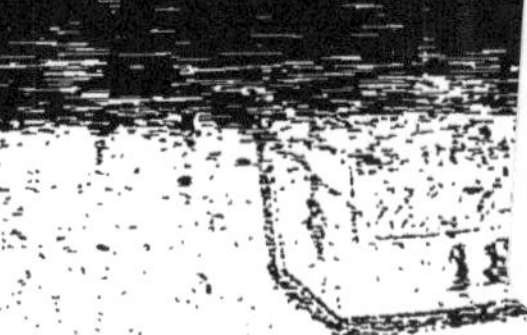

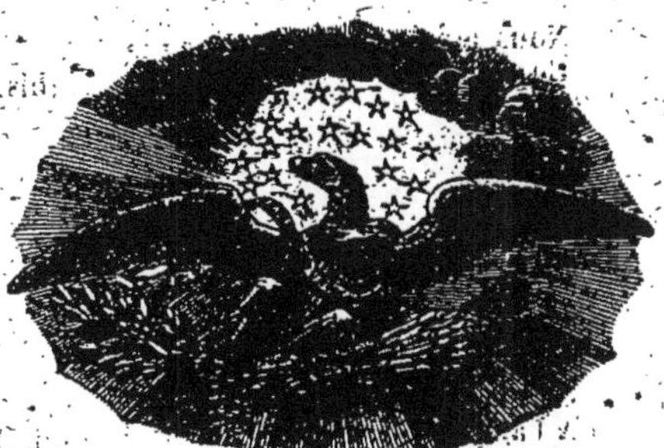

CHANSONNIER NOUVEAU

POÉSIES

DE

François-Clovis DURAND

Natif d'Angerville-l'Orcher.

LE GÉNÉRAL RUFFIN

NATIF DE BOLBEC

Air du Maréchal Soult.

Le général Ruffin,
Jadis bon militaire,
Avait une âme enfin
Naturellement guerrière,
Pour prix de sa valeur,
A la fleur de son âge,
Reçut de l'Empereur   (bis.)
L'étoile du courage.

Ruffin a su jadis,
Se tenir en campagne
Tous ses anciens amis

Nous assurent qu'en Espagne
Ce célèbre guerrier,   (bis.)
Trait sous sa bannière,
Y fut fait prisonnier
Conduit en Angleterre.

Au pouvoir des Anglais,
Bien loin de sa patrie,
Ce général français,
Finit sa noble vie,
Bien jeune encore pourtant
Ce brave militaire
A l'age de quarante ans   (bis.)
Termina sa carrière.

Ce général est mort,
Passant en Angleterre
On a porté son corps
Sur la terre étrangère ;
Le jour qu'il fut rendu
A sa noble patrie,
Partout il fut reçu   (bis.)
En grande cérémonie.

Cet homme tant estimé
Connu par sa vaillance,
Partout fut salué
A son retour en France,
Voilà bientôt huit ans,
La garde nationale
Le portant triomphant   (bis.)
En sa ville natale.

Il repose en paix
Ce guerrier plein de gloire,
Ce général français
D'éternelle mémoire,
Bolbec a enterré
En grande cérémonie,
Ce brave décoré   (bis.)
Chéri de la patrie.

DURAND.

DÉPART DU CONSORIT

Air connu.

Aujourd'hui l'Empereur m'appelle,
Irma je te fais mes adieux,
Tendre amie sage et fidèle
Je te laisse les larmes aux yeux.

REFRAIN.   Adieu mon petit cœur
Plein d'amour de douceur,
Je pars servir notre Empereur.

Belle je t'aime d'amour extrême,
Au régiment bien loin là-bas
Privé de ce que mon cœur aime,
Ne suis pas quitte d'embarras.
    Adieu, etc.

Comme toi je suis dans la peine,
Tendre Irma, chère à mon cœur,
Faut nous quitter chose certaine
Voilà ce qui cause ma douleur.
    Adieu, etc.

Je pars pour manœuvrer les armes,
L'Empereur m'appelle pour le servir,
Tendre Irma sèche tes larmes,
Espère enfin sur l'avenir.
    Adieu, etc.

Prends courage ma bonne amie,
Peut-être un jour je reviendrai
Si Dieu me conserve la vie
Peut-être un jour je reviendrai.
    Adieu, etc.

F. DURAND.

Départ du Conscrit Jean Paul

Air : Vive la loi

Je pars pour le régiment,
Faut te quitter ô ma belle,
D'ici quand je serai absent
Reste-moi toujours fidèle,
Au service de l'Empereur
Serai bon militaire,
Avec la croix d'honneur
Reviendrai je l'espère.
Belle je te quitte aujourd'hui
Pour servir mon pays,
Ma belle patrie
Un jour, quand je reviendrai,
Oui je l'épouserai
Petite Marie.

REFRAIN.   Embrasse-moi, embrasse-moi,
Mon cœur n'aime que toi,

Embrasse-moi, embrasse-moi,
Garde-moi ta foi.

Si je lutte contre l'étranger,
Comme un vieux du temps antique
Braverai le danger
Par mon courage héroïque,
J'espère sur le champ d'honneur
Voir l'ennemi prendre la fuite,
Veux gagner pour ma valeur
La belle croix de mérite ;
Conserve-moi ton amour,
Il est certain qu'un jour,
Ma petite Marie,
Suivant le vœu de mon cœur
Ferai ton bonheur
Mon aimable amie.

   Embrasse-moi, etc.

Y penses-tu mon petit cœur,
Combien j'aurai l'âme fière
Quand j'aurai la croix-d'honneur
Placée à ma boutonnière,
Montrerai toute ma valeur,
Si l'ennemi nous fait la guerre
Serviteur de l'Empereur,
Serai bon militaire ;
Tendre objet de mon amour
Promets-moi en ce jour
Me rester fidèle,
Je veux sans faire d'embarras,
T'aimer jusqu'au trépas
Marie ô ma belle.

   Embrasse-moi, etc.

DURAND.

CHANSON PLAISANTE

Air : *Je suis dans mon plus beau printemps.*

Il y a dans Fontaine, près d'Harfleur,
De superbes belles jeunes filles
Réputées pour avoir de l'honneur
Aussi bien comme elles sont gentilles,
Faut avouer la vérité
Ce sont des filles sans du tout de fierté,
Dit-on, elles brûlent d'amour   (bis)
La nuit tout comme le jour.

— 5 —

Toutes les filles de ce beau quartier
Sont pour la plupart coquettes,
Les lessivières qui sont à marier
Sont de très gentilles brunettes,
Ces demoiselles au front charmant
Sont réputées pour avoir du bon sens,
Reste à savoir au chansonnier,   (bis)
Si une telle voudrait l'épouser.

Une jeune fille aux yeux doux,
Qui fait l'état de lessivière,
Parfaite et gentille à mon goût,
Son défaut n'est pas d'être fière ;
Ma chanson lui dit poliment
Que mon cœur l'aime tendrement,
Je vois en voyant ses beaux yeux   (bis)
Quelque chose d'amoureux.

Si celle-ci me donnait son amour
Je l'épouserais je le jure ;
Je ne fais que rêver nuit et jour
Cette charmante créature,
Si j'avais ce beau petit cœur
Certes je lui ferais son bonheur,
Si celle que voici voulait m'aimer,   (bis)
Oui je saurais l'épouser.   DURAND.

ROMANCE
Napoléon empereur des Français

Air : *Ne pleurez plus ma tendre mère.*

Noble fils de la reine Hortense,
Grand Empereur des Français,
Vous le sauveur de notre France
Nous vous bénissons à jamais,
Entendez-vous de la chaumière
Sortir mille accents de nos cœurs,
Dans nos villages plus de misère,
Vive l'Empereur, les lauriers sont en fleurs.

O vous qui rendez l'espérance
Et le bonheur dans nos maisons,
Vos bienfaits sont la récompense
De nos vœux, près de huit millions ;
Chez nous les chansons, les romances
Eloignent des jours de douleur ;
Dans nos hameaux plus de souffrances,
Vive l'Empereur, les lauriers sont en fleurs.

Pour nous sauver la Providence
Nous rend le nom connu de l'univers,
Honorons l'auguste présence
Qui met fin à tous nos revers.

Huit millions d'honnêtes suffrages
Prouvent les vœux sincères de nos cœurs.
Napoléon possède nos hommages,
Vive l'Empereur, les lauriers sont en fleurs.

Puissants souverains de la terre,
Respectez l'enfant de Paris,
Peuple d'Autriche et d'Angleterre,
Cessez d'être nos ennemis ;
Sinon craignez la dynastie
Du plus grand de tous les vainqueurs,
Honneur au grand homme de génie,
Vive l'Empereur, les lauriers sont en fleurs. DURAND

Chansonnette.

L'AMANT DELAISSÉ

Air Nouveau.

Joli cœur volage,
Tu manques d'être sage,
Tu as le courage
De changer d'amant,
Perfide brunette,
Fille trop coquette,
Si tu me regrettes,
Il n'en est plus temps.

REFRAIN. Belle Emélie, faiseuse d'embarras.
Trop fière créature,
Je porte sur mon bras
Ta belle figure.

Ingrate Emélie,
Infidèle amie,
Comme une étourdie
Tu aimes le changement,
Cruelle maîtresse,
Toi qui me délaisses,
Je t'aimais sans cesse
Jadis tendrement.

REFRAIN. Belle Emélie, faiseuse d'embarras.
Jeune couturière,
Tu es belle et fière,
Tu as su me plaire
Jadis au temps passé,
Puisque tu m'abandonnes,
Tu n'es plus ma mignonne,
Me fiant à la personne
J'ai été trompé.

REFRAIN. Belle Emélie, faiseuse d'embarras.

Adieu, mademoiselle,
Adieu donc, ma belle,
Amante infidèle,
Adieu mes beaux jours.
Beauté sans parure,
Fais bien ta couture,
Mon cœur, je te le jure,
T'oublie pour toujours.

REFRAIN. — Belle Emélie, faiseuse d'embarras.

FRANÇOIS DURAND.

LE PRINTEMPS DE 1853
OU LE JARDIN DES FLEURS

Air : *On entre pas dans le palais des rois.*

Voici le temps que fleurissent les roses,
Les petits oiseaux chantent le doux printemps,
Dans ce jardin doit fleurir quelque chose
Pourrai-je entrer le voir quelques instants ?

REFRAIN. Retirez-vous, fuyez amant volage,
Tous vos discours n'entrent pas dans mon cœur,
Songez, monsieur, que je suis fille sage :
On n'entre pas (*bis*) dans le jardin des fleurs.

Ne fais pas la difficile, je t'en prie,
Ton beau jardin ne peut-on pas le voir,
Si tu voulais contenter mon envie,
Tu me le ferais voir avant ce soir.

Retirez-vous, etc.

Pas de colère, ô ma belle Marie,
Toi seule, enfin, possède mon amour,
Tendre beauté, toi qui es si jolie,
Mon seul désir est de t'aimer toujours.

Retirez-vous, etc.

Adieu donc cruelle, ingrate amie
Puisque, hélas ! rien ne t'attendrit,
Aujourd'hui ton indigne perfidie
Contraint mon cœur de te mettre en oubli.

Retirez-vous, etc.   DURAND.

Les Filles du canton de Criquetot.

Air connu.

A Angerville,
A Hermeville,
Les filles sont belles cependant,
A Villainville

Comme à Gonneville,
Les demoiselles ont de beaux amants.

A Beaurepaire
Les filles sont fières
Comme à Criquetot-l'Esneval.
A Benouville,
A Cuverville,
Chaque dimanche les jeunes filles vont au bal.

A Pierrefiques
Où les mouches piquent
Les demoiselles sont fières aussi.
A la Poterie,
A Ste-Marie,
Toutes les filles chantent jour et nuit.

Les jeunes filles
Sont très gentilles
Au village de Vergetot.
Portant des savates,
Elles sont délicates
Comme les demoiselles de Turietot.

Je vous déclare
Qu'à Fongueusemare
Les garçons vont seul à seul,
Et les fillettes,
Qui sont coquettes,
Vont dix par dix tout comme au Tilleul.

A Anglesqueville,
Comme Heuqueville,
Les filles aiment le bon vin.
Elles sont charmantes,
Beaucoup bienveillantes,
Très gentilles comme à Saint-Jouin.

Les demoiselles
Sont aussi très belles
Au village d'Etrétat,
Les amourettes
Comme les chansonnettes
Certainement qu'elles comprennent bien ça.

Dans ma chanson jolie
Ne faut pas que j'oublie
Les jeunes filles de Bordeaux
Pleines de tendresse
Nuit et jour sans cesse
Rêvent tous les garçons qui sont beaux.

DURAND.

Havre. — Imp. Roquencourt, Grand'Rue, 36.

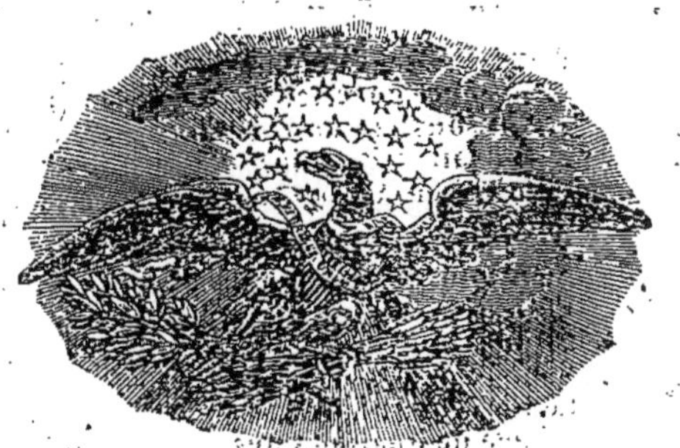

CHANSONNIER NOUVEAU

POÉSIES

DE

François-Clovis DURAND

Natif d'Angerville-l'Orcher.

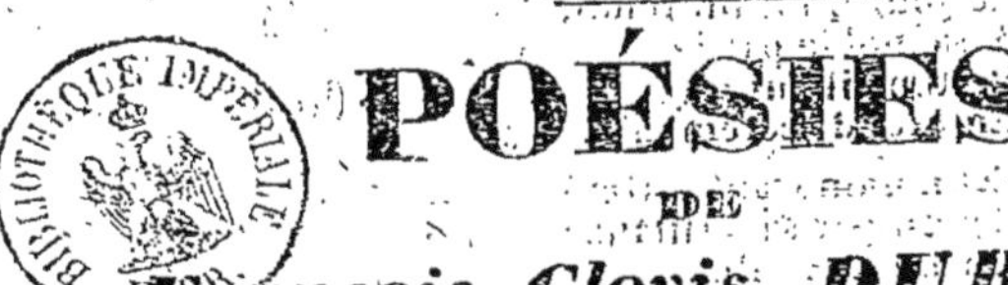

LE GÉNÉRAL RUFFIN

NATIF DE BOLBEC.

Air du Maréchal Soult.

Le général Ruffin,
Jadis bon militaire,
Avait une âme enfin
Naturellement guerrière,
Pour prix de la valeur,
A la fleur de son âge,
Reçut de l'Empereur.   (bis.)
L'étoile du courage.

Ruffin a su jadis,
Se tenir en campagne ;
Tous ses anciens amis

Nous assurent qu'en Espague.
Ce célèbre guerrier,   (bis.)
Trahi sous sa bannière,
Y fut fait prisonnier
Conduit en Angleterre.

Au pouvoir des Anglais,
Bien loin de sa patrie,
Ce général français,
Finit sa noble vie ;
Bien jeune encore pourtant
Ce brave militaire
A l'âge de quarante ans   (bis.)
Termina sa carrière.

Ce général est mort,
Passant en Angleterre
On a porté son corps
Sur la terre étrangère ;
Le jour qu'il fut rendu
A sa noble patrie,
Partout il fut reçu   (bis.)
En grande cérémonie.

Cet homme tant estimé
Connu par sa vaillance,
Partout fut salué
A son retour en France ;
Voilà bientôt huit ans,
La garde nationale
Le portait triomphant   (bis.)
En sa ville natale.

Il repose en paix
Ce guerrier plein de gloire,
Ce général français
D'éternelle mémoire,
Bolbec a enterré
En grande cérémonie,
Ce brave décoré   (bis.)
Chéri de la patrie.

DURAND.

DÉPART DU CONSCRIT

Air connu.

Aujourd'hui l'Empereur m'appelle,
Irma je te fais mes adieux,
Tendre amie sage et fidèle
Je te laisse les larmes aux yeux,

REFRAIN. Adieu mon petit cœur
        Plein d'amour de douceur,
        Je pars servir notre Empereur.

Belle je t'aime d'amour extrême,
Au régiment bien loin là-bas
Privé de ce que mon cœur aime,
Ne suis pas quitte d'embarras.

    Adieu, etc.

Comme toi je suis dans la peine,
Tendre Irma, chère à mon cœur,
Faut nous quitter chose certaine
Voilà ce qui cause ma douleur.

    Adieu, etc.

Je pars pour manœuvrer les armes,
L'Empereur m'appelle pour le servir,
Tendre Irma sèche tes larmes,
Espère enfin sur l'avenir.

    Adieu, etc.

Prends courage ma bonne amie,
Peut-être un jour je reviendrai,
Si Dieu me conserve la vie
Peut-être un jour je reviendrai.

    Adieu, etc.

                              F. DURAND.

Départ du Conscrit Jean-Paul

Air : *Vive la loi.*

Je pars pour le régiment,
Faut te quitter ô ma belle,
D'ici quand je serai absent
Reste-moi toujours fidèle ;
Au service de l'Empereur
Serai bon militaire,
Avec la croix d'honneur
Reviendrai je l'espère.
Belle je te quitte ajourd'hui
Pour servir mon pays,
Ma belle patrie ;
Un jour, quand je reviendrai,
Oui je t'épouserai
Petite Marie.

REFRAIN. Embrasse-moi, embrasse-moi,
        Mon cœur n'aime que toi,

Embrasse-moi, embrasse-moi,
Garde-moi ta foi,

Si je lutte contre l'étranger,
Comme un vieux du temps antique
Braverai le danger
Par mon courage héroïque,
J'espère sur le champ d'honneur
Voir l'ennemi prendre la fuite,
Veux gagner pour ma valeur
La belle croix de mérite ;
Conserve-moi ton amour
Il est certain qu'un jour,
Ma petite Marie,
Suivant le vœu de mon cœur
Ferai ton bonheur
Mon aimable amie.
  Embrasse-moi, etc.

Y penses-tu mon petit cœur,
Combien j'aurai l'âme fière
Quand j'aurai la croix-d'honneur
Placée à ma boutonnière,
Montrerai toute ma valeur
Si l'ennemi nous fait la guerre
Serviteur de l'Empereur,
Serai bon militaire ;
Tendre objet de mon amour
Promets-moi en ce jour
Me rester fidèle,
Je veux sans faire d'embarras,
T'aimer jusqu'au trépas
Marie ô ma belle.
  Embrasse-moi, etc.

DURAND.

CHANSON PLAISANTE

Air : *Je suis dans mon plus beau printemps.*

Il y a dans Fontaine, près d'Hérimont
De superbes belles jeunes filles
Réputées pour avoir de l'honneur
Aussi bien comme elles sont gentilles,
Faut avouer la vérité
Ce sont des filles sans du tout de fierté,
Dit-on, elles brûlent d'amour   (bis)
La nuit tout comme le jour.

Toutes les filles de ce beau quartier
Sont pour la plupart coquettes,
Les lessivières qui sont à marier
Sont de très gentilles brunettes,
Ces demoiselles au front charmant
Sont réputées pour avoir du bon sens,
Reste à savoir au chansonnier   (bis)
Si une telle voudrait l'épouser.

Une jeune fille aux yeux doux,
Qui fait l'état de le sivière,
Parfaite et gentille à mon goût,
Son défaut n'est pas d'être fière.
Ma chanson lui dit poliment
Que mon cœur t'aime tendrement,
Je vois en voyant ses beaux yeux   (bis)
Quelque chose d'amoureux.

Si celle-ci me donnait son amour
Je l'épouserais je le jure,
Je ne fais que rêver nuit et jour
Cette charmante créature,
Si j'avais ce beau petit cœur
Certes je lui ferais son bonheur!
Si celle que voici voulait m'aimer,   (bis)
Oui je saurais l'épouser!

DURAND.

ROMANCE
Napoléon empereur des Français

Air : Ne pleurez plus ma tendre mère.

Noble fils de la reine Hortense,
Grand Empereur des Français,
Vous le sauveur de notre France!
Nous vous bénissons à jamais,
Entendez-vous de la chaumière
Sortir mille accents de nos cœurs,
Dans nos villages plus de misère,
Vive l'Empereur, les lauriers sont en fleurs.

O vous qui rendez l'espérance
Et le bonheur dans nos maisons,
Vos bienfaits sont la récompense
De nos vœux, près de huit millions ;
Chez nous les chansons, les romances
Eloignent des jours de douleur ;
Dans nos hameaux plus de souffrances,
Vive l'Empereur, les lauriers sont en fleurs.

Pour nous sauver la Providence
Nous rend le nom connu de l'univers,
Honorons l'auguste présence
Qui met fin à tous nos revers.

Huit millions d'honnêtes suffrages
Prouvent les vœux sincères de nos cœurs.
Napoléon possède nos hommages,
Vive l'Empereur, les lauriers sont en fleurs.

Puissants souverains de la terre
Respectez l'enfant de Paris ;
Peuple d'Autriche et d'Angleterre,
Cessez d'être nos ennemis,
Sinon craignez la dynastie
Du plus grand de tous les vainqueurs.
Honneur au grand homme de génie;
Vive l'Empereur, les lauriers sont en fleurs. DURAND

Chansonnette.
L'AMANT DELAISSE

Air Nouveau.

Joli cœur volage,
Tu manques d'être sage,
Tu as le courage
De changer d'amant,
Perfide brunette,
Fille trop coquette,
Si tu me regrettes,
Il n'en est plus temps.

REFRAIN. Belle Emélie, faiseuse d'embarras.
Trop fière créature,
Je porte sur mon bras
Ta belle figure.

Ingrate Emélie,
Infidèle amie,
Comme une étourdie
Tu aimes le changement.
Cruelle maîtresse,
Toi qui me délaisses,
Je t'aimais sans cesse
Jadis tendrement.

REFRAIN. Belle Emélie, faiseuse d'embarras.

Jeune couturière,
Tu es belle et fière,
Tu as su me plaire
Jadis au temps passé,
Puisque tu m'abandonnes,
Tu n'es plus ma mignonne
Me fiant à la personne
J'ai été trompé.

REFRAIN. Belle Emélie, faiseuse d'embarras.

Adieu, mademoiselle,
Adieu donc, ma belle,
Amante infidèle,
Adieu mes beaux jours.
Beauté sans parure,
Fais bien ta couture,
Mon cœur, je te le jure,
T'oublie pour toujours.

REFRAIN. Belle Emélie, faiseuse d'embarras.

FRANÇOIS DURAND.

LE PRINTEMPS DE 1853
OU LE JARDIN DES FLEURS

Air : *On entre pas dans le palais des rois.*

Voici le temps que fleurissent les roses,
Les petits oiseaux chantent le doux printemps,
Dans ce jardin doit fleurir quelque chose
Pourrai-je entrer le voir quelques instants ?

REFRAIN. Retirez-vous, fuyez amant volage,
Tous vos discours n'entrent pas dans mon cœur.
Songez, monsieur, que je suis fille sage :
On n'entre pas *(bis)* dans le jardin des fleurs.

Ne fais pas la difficile, je t'en prie,
Ton beau jardin ne peut-on pas le voir ;
Si tu voulais contenter mon envie,
Tu me le ferais voir avant ce soir.

Retirez-vous, etc.

Pas de colère, ô ma belle Marie,
Toi seule, enfin, possède mon amour,
Tendre beauté toi qui es si jolie
Mon seul désir est de t'aimer toujours.

Retirez-vous, etc.

Adieu donc cruelle, ingrate amie
Puisque, hélas ! rien ne t'attendrit,
Aujourd'hui ton indigne perfidie
Contraint mon cœur de te mettre en oubli.

Retirez-vous, etc.   DURAND.

Les Filles du canton de Criquetot.

Air connu.

A Augerville,
A Hermeville,
Les filles sont belles cependant,
A Villainville

Comme à Gonneville,
Les demoiselles ont de beaux amants.

A Beaurepaire
Les filles sont fières
Comme à Criquetot-l'Esneval.

A Bénouville,
A Cuverville,
Chaque dimanche les jeunes filles vont au bal.

A Pierrefiques
Où les mouches piquent,
Les demoiselles sont fières aussi.

A Ste-Marie,
Toutes les filles chantent nuit et jour.

Les jeunes filles
Sont très gentilles
Au village de Vergetot.

Portant des savates,
Elles sont délicates
Comme les demoiselles de Turretot.

Je vous déclare
Qu'à Fongueusemare
Les garçons vont seul à seul,

Et les fillettes,
Qui sont coquettes,
Vont dix, par dix, tout comme au Tilleul.

A Anglesqueville,
Comme Heuqueville,
Les filles aiment le bon vin.

Elles sont charmantes,
Beaucoup bienveillantes,
Très gentilles comme à Saint-Jouin.

Les demoiselles
Sont aussi très belles
Au village d'Etrétat,

Les fillettes
Comme les chansonnettes
Certainement qu'elles comprennent bien ça.

Dans ma chanson jolie
Ne faut pas que j'oublie
Les jeunes filles de Bordeaux,

Nuit et jour sans cesse
Rêvent tous les garçons qui sont beaux.

DURAND.

Havre. — Imp. Roquencourt, Grand'Rue, 36.

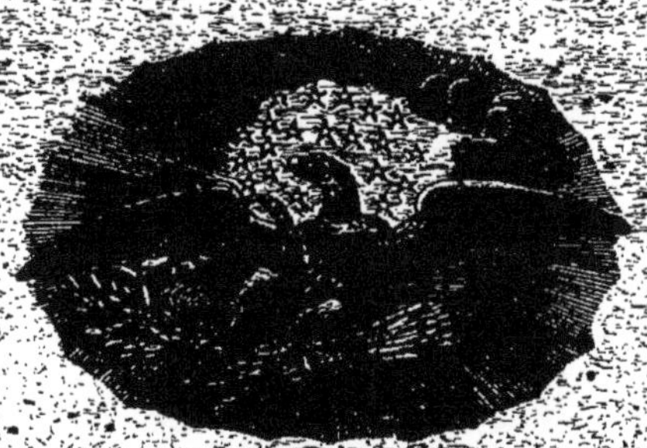

CHANSONNIER NOUVEAU

POÉSIES

DE

François DURAND

Natif d'Angerville-l'Orcher.

HAVRE

Imprimerie ROQUENCOURT, Grand'Rue, 36 (Sect. d'Ingouville.)

Le Rétablissement de l'Empire

Air : *Parisienne de 1830.*

Jadis le grand Empire
Fut miné par la trahison ;
Ce que l'Europe à su détruire,
Est rétabli par Napoléon.

REFRAIN.

Des plus beaux jours de notre histoire,
Conservons-en toujours mémoire,
Nos braves soldats,
Ont juré l'arme au bras
De soutenir dans les combats
L'étendart de notre gloire.

Aurait-on jamais pu croire,
Qu'un malheureux captif d'autrefois,
Trouverait sa place dans l'histoire
Dans l'histoire de nos rois.
Des plus beaux jours de notre histoire, etc.

L'héritier de la couronne impériale
Rentre dans ses droits pour jamais,
Il règne dans la capitale,
Au milieu du peuple français.
Des plus beaux jours de notre histoire, etc.

Depuis qu'il gouverne la France,
Napoléon tient l'ordre et la paix,
Couronné pour sa récompense,
Empereur des Français.
Des plus beaux jours de notre histoire, etc.

Le fils de feue la reine Hortense,
Vient d'avoir huit millions de voix,
Le peuple met sa confiance
En lui pour la troisième fois.
Des plus beaux jours de notre histoire, etc.

DURAND.

ROMANCE

Au sujet d'une Amante affligée.

Air nouveau.

Un sage a fait le bonheur do ma vie,
Mais par malheur, ce sage n'existe plus ;
Le Dieu tout-puissant l'enlève à son amie,
Pour le placer au nombre des élus.
Hier, il me disait d'une voix mourante,
Belle, je suis sur le lit de la mort ;
Adieu pour toujours ma fidèle amante,
Mon âme se sépare de mon corps.

REFRAIN :

Le ciel aujourd'hui
M'enlève ce que j'aime,
Ma douleur est extrême,
Je vais mourir d'ennui.

Quel coup fatal pour une amie fidèle,
De voir son cher amant mourir,
Après une maladie bien cruelle
Je l'ai vu rendre son dernier soupir,
Paul est mort entre les bras de sa blonde,
Mais enfin qui l'aime si tendrement,
Je suis dans la tristesse en ce bas monde,
O ciel ! hélas ! que j'éprouve de tourment.

Le ciel aujourd'hui, etc.

Mon cher amant, celui que j'aime,
Est aujourd'hui dans l'éternel repos ;
Ce qui cause ma douleur extrême,
Voici mon corps qui descend au tombeau.
Je vais comme lui terminer ma carrière,
Car aujourd'hui mes regrets sont superflus,
Je ne puis plus exister sur la terre,
Maintenant que mon cher amant n'est plus.

Le ciel aujourd'hui, etc.

DURAND.

Chanson au sujet d'un Amant trompeur.

Air nouveau.

Un jeune garçon, bondrille,
Qui pensait à se marier,
Fréquentait jadis une fille,
Lui promettant de l'épouser.
En lui disant ma tendre amie,
Mon cœur ne te trahira pas.
Le plus grand désir de ma vie,
Est de t'aimer jusqu'au trépas. *(bis)*

Pendant le courant de deux années,
L'amant et sa tendre beauté,
Passaient d'heureuses journées,
En se jurant fidélité.
Jules auprès de sa chère amie
Faisait semblant de l'adorer ;
Pour passer un moment son envie,
Lui promettait de l'épouser. *(bis)*.

Il est vrai que la pauvre Hyacinthe
Espérait bien se marier ;
Par malheur, elle se trouve enceinte,
Son amant ne veut plus l'épouser.
Il renonce à une tendre amie,
Nuit et jour qui ne fait que l'aimer.
Cette pauvre fille si jolie,
Très souvent on la voit pleurer. *(bis)*.

Un matin, cette fille charmante,
Vit l'amant qu'elle n'a cessé d'aimer.
Conservant sa même foi d'amante,
Elle voulut encore l'embrasser.
Le cruel amant sans tendresse,
Tout aussitôt la repoussa,
Comme c'est la troisième qu'il délaisse
Le ciel juste le punira. *(bis)*.

REFLEXION

Vous autres fillettes jeunes et belles,
Prenez bien garde aux malheurs :
Les garçons ne sont pas toujours fidèles,
Pour la plupart ils sont trompeurs
Quand vous rêvez le mariage.

Vos amants vous trompent souvent,
Et sitôt que vous êtes en ménage
Vous n'éprouvez que du tourment.   (*bis*)

DURAND.

CHANSON AU SUJET D'UN FOU

Un tel connu, demeure dans un village,
Possède en ruine quantité de maisons :
Tout le monde sait qu'il a le courage
De faire du blé pour nourrir les cochons.

REFRAIN :   Un fou là-bas, là-bas,
            Veut la famine,
            On se l'imagine,
            Un fou là-bas, là-bas
            Voudrait voir ce qui n'arrivera pas.

Il néglige l'agriculture ;
Tout le monde sait très bien cependant
Qu'il possède du blé en pourriture
Dans la campagne depuis trois ans.
     Un fou, etc.

Un tel, enrichi par des héritages,
Se refuse d'écouter la raison ;
On le connaît, dans tous nos parages,
Pour laisser sa récolte à l'abandon.
     Un fou, etc.

Son désir est que la famine
Ravage tout le monde aujourd'hui,
Dans tout le mal qu'il imagine
Il n'en existe pas comme lui.
     Un fou, etc.

Désirant voir la classe ouvrière
Mourir de faim suivant son méchant cœur ;
Lui, propriétaire, il subit la misère,
Dieu le punit avec juste rigueur.
     Un fou, etc.

Une chose qui est certaine,
De misère se trouvant trop accablé,
Dans ses terres, l'année prochaine,
On ne trouvera pas un épi de blé.
     Un fou, etc.

Il veut faire une mécanique,
Pour labourer ses terres, dit-on;
Moi, pour finir ma chanson bachique,
Je dis que c'est un possédé du démon.
    Un fou, etc.   DURAND.

CHANSON D'AMOUR

Air : Napoléon, cet homme aimable.

Belle, de tout mon cœur je vous aime,
J'ose enfin vous l'assurer,
Je voudrais, dès aujourd'hui même,
Pouvoir enfin vous épouser.
Si vous étiez un peu touchée
De l'amitié que j'ai pour vous,
En devenant ma fiancée
Bientôt je serais votre époux.

Enfin, ma charmante belle,
Mettez votre confiance en moi,
Pour vous rester toujours fidèle
Vous pouvez compter sur ma foi;
Aujourd'hui je me propose
Pour devenir votre époux;
Aussi je vous dis belle Rose
Que je voudrais vivre auprès de vous.

Comptez enfin sur ma tendresse,
Car je ne suis pas un trompeur;
Je vous assure sans cesse
Que je vous presse sur mon cœur;
Ma belle je vous certifie
Que je vous aime tendrement,
Mettez votre confiance amie
En votre fidèle amant.   DURAND.

Chanson au sujet d'une Amoureuse

Air nouveau.

Ma cousine Adèle
Demeure dans ce canton;
C'est une très belle
Qui sait très bien jouer du ton,
Tirelitontaine, tontaine, tontaine,
Tirelitontaine, tontaine, relitonton.

Un soir la jeune fille
Fit un faux pas, dit-on,
Elle qui est si gentille
Voulut enfin jouer du ton.

Tirelitontaine, etc.

Oq dit que la fillette,
Dessus le vert gazon,
A levé sa collerette
Pour apprendre à jouer du ton.
Tirelitontaine, etc.

Elle ôta sa collerette
Deux ou trois fois, dit-on ;
Maintenant elle regrette
D'avoir trop joué du ton.
Tirelitontaine, etc.

Adèle, ma cousine,
Est-un beau petit tendron,
Elle ressemble à ma voisine
Qui sait aussi jouer du ton.
Tirelitontaine, etc.

DURAND.

CHANSON AU SUJET DE L'AMANT D'ADÈLE

Air : Chacun tente à sa guise.

Tu dois penser ma belle amie,
Que je suis content comme un roi ;
Je passe une heureuse vie
Quand je suis près de toi.

REFRAIN :   Amusons-nous Adèle,
            Ma belle,
        Les plaisirs sont doux
            Contentons-nous.

Moi ainsi que toi ma chère,
Profitons du temps des amours,
Nos plus beaux jours sur la terre
Ne dureront pas toujours.
    Amusons-nous, etc.

Aime-moi, belle brunette,
Bientôt je ferai ton bonheur,
Comme étant un peu grisette
Tu as su charmer mon cœur.
    Amusons-nous, etc.

J'ose te dire que tu me cause
Un mal ardent nuit et jour,
Laisse-moi toucher ta rose
Que je guérisse mon amour.
    Amusons-nous, etc.

Contente-moi, laisse-moi faire,
Permets-moi de t'embrasser ;
Belle, ô toi qui m'est si chère,
Mon désir est de t'épouser.
    Amusons-nous, etc.

DURAND.

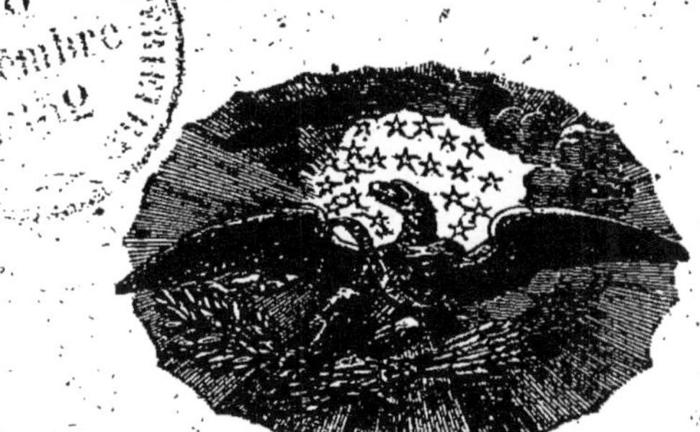

CHANSONNIER NOUVEAU

POÉSIES

DE

François DURAND

Natif d'Angerville-l'Orcher.

<hr>

HAVRE

Imprimerie Roquencourt, Grand'Rue, 36 (Sect. d'Ingouville.

POÉSIES

de

François COPPÉE

Imprimerie Rapeaucourt, Grand'rue, 90, Sgel. d'Argon-ville.

CHANSON AU SUJET D'UN FOU

Air de : *Nicolas.*

Un tel connu, là-bas dans un village,
Possède en ruine quantité de maisons ;
Et chacun sait qu'il a le courage
De faire manger son blé par des cochons.

REFRAIN :   Un fou là-bas, là-bas,
             Veut la famine,
             On se l'imagine,
             Un fou là-bas, là-bas
             Voudrait voir ce qui n'arrivera pas.

Il néglige l'agriculture ;
Tout le monde sait très bien cependant
Qu'il possède du blé en pourriture
Dans la campagne depuis trois ans.
    Un fou, etc.

Un tel, enrichi par des héritages,
Se refuse d'écouter la raison ;
On le connaît, dans tous nos parages,
Pour laisser sa récolte à l'abandon.
    Un fou, etc.

Son désir est que la famine
Ravage tout le monde aujourd'hui,
Dans tout le mal qu'il imagine
Il n'en existe pas comme lui.
    Un fou, etc.

Désirant voir la classe ouvrière
Mourir de faim suivant son méchant cœur,
Lui, propriétaire, il subit la misère,
Dieu le punit avec juste rigueur.
    Un fou, etc.

Une chose qui est certaine,
De misère se trouvant trop accablé,
Dans ses terres, l'année prochaine,
On ne trouvera pas un épi de blé.
    Un fou, etc.

Ouvrant la porte de son étable,
Fut sur le point de périr un jour,
Jetant des cris épouvantables,
Vite il demandait du secours.
    Un fou, etc.

Ayant laissé par négligence,
Pendant cinq jours ses porcs sans aliment,
Ceux-ci poussés par la souffrance,
L'ont poursuivi avec acharnement.
   Un fou, etc.

Il veut faire une mécanique
Pour labourer ses terres, dit-on;
Moi, pour finir ma chanson bachique,
Je dis que c'est un possédé du démon.
   Un fou, etc.   DURAND.

CHANSON AU SUJET D'UN LOUP-GAROU.

Air : *Ma chemise brûle.*

Aujourd'hui on dit partout
Qu'il existe un loup-garou,
Il paraît qu'il fait horreur
Puisque tout le monde en a peur.
   Si c'est vrai ce que l'on dit
   Ne faudrait plus voyager de nuit
   Car lorsqu'on n'a qu'une peau
   Faut la garder comme il faut.

On dit que ce loup hurleur
Est tout noir de couleur,
Aussi pour ne pas le voir
On craint de sortir le soir.
   Si c'est vrai, etc.

Une femme de ce canton
Eut bien peur un soir, dit-on,
Se voyant suivie pas à pas.
Elle était dans l'embarras.
   Si c'est vrai, etc.

Gare, à qui se promène la nuit,
On pourrait faire feu sur lui
Et le loup-garou d'aventure
Ferait bien triste figure.
   Si c'est vrai, etc.

Pour moi, je le dis franchement,
Je ne crains guères ce garnement,
Un pied de frêne bien emmanché
Saurait m'en débarrasser.
   Si c'est vrai, etc.

LE MARÉCHAL SOULT

Air du : *Général Tom-Pouce, ou Montons à la barrière.*

Soult rempli de valeur,
Jadis bon militaire,
Sachant braver sans peur
Le fer et la poussière,
Fut nommé général
Pour prix de sa vaillance,
Ensuite Maréchal
De notre belle France.

Soult a toujours bien su
Se tenir en campagne,
Les Espagnols ont vu
Ce vainqueur en Espagne,
Ce célèbre guerrier,
Courageux militaire
Se rendit le dernier
Après vingt ans de guerre.

Sans craindre le danger,
Ce guerrier de l'Empire,
Combattant l'étranger,
Armé pour nous détruire,
Montra son cœur français
A l'Europe jalouse
Et aujourd'hui l'Anglais
Se souvient de Toulouse.

Soult défendit sans peur
L'ancienne République
Ensuite l'Empereur
De son bras héroïque,
Ce Maréchal est mort
Plein d'honneur et de gloire
Et sur la France encore
Rayonne sa mémoire.

A quatre-vingt deux ans
Mourut cet homme de guerre,
On parlera longtemps
De sa vie militaire,
Prions, nous tous, français
Pour cet homme sincère
Soult qui repose en paix
Depuis l'année dernière.

DURAND.

LE MONT SAINT-JEAN

Air : *Je quitte aujourd'hui mon pays.*

Au mont Saint-Jean notre Empereur
Livra sa dernière bataille ;
Nos pères, malgré toute leur valeur,
Furent écrasés par la mitraille.
Vaincus au fatal Waterloo
Malgré leur intrépide courage,
Le sang qui coulait à grands flots
Causait un horrible carnage.

Beaucoup de Français ont péri
Dans cette déroute épouvantable,
Mais la perte de l'ennemi
Fut encore plus considérable.
Sur ce funeste champ d'honneur
Où la bataille fut meurtrière,
Nos braves ont combattu sans peur
Pendant une journée entière.

L'ennemi, sans la trahison
Eut succombé, l'on peut m'en croire ;
L'empereur Napoléon
Aurait remporté la victoire.
Le héros, trompé par un traître,
Voulait mourir en combattant ;
Mais le sort ne peut pas permettre
Qu'il eut ce trépas triomphant.

Les vieux grognards de l'Empereur
Remplis d'ardeur et de vaillance,
Firent des prodiges de valeur
Pour sauver notre belle France ;
Trahis par un sort déplorable
Ils combattirent pour la défendre,
Bravant leur destin lamentable
Ils moururent sans vouloir se rendre.

Les champs labourés de boulets,
Ruisselaient d'un sang généreux ;
La mitraille partout pleuvait,
La mort était dans tous les lieux,
Que l'Anglais de cette victoire
Cesse donc de se vanter,
Car elle ne ternit pas la gloire
De ceux qui ont dû succomber !

DURAND.

CHANSON BACHIQUE

Air nouveau.

Une histoire singulière
Est arrivée jadis,
Une jeune couturière
A quitté son mari.
Ce joli cœur volage
Fut avec un garçon
Connu dans le village
Pour être un franc luron.

REFRAIN : Amis du voisinage
   Profitez des leçons
   De joli cœur volage
   Connu dans nos cantons.

Charlotte et Boniface
Ensemble sont partis
Pour le Havre-de-Grâce,
Au milieu de la nuit.
Après bombances et fêtes
Ces jeunes amoureux,
Sans tambour ni trompette,
Sont revenus tous deux.
   Amis, etc.

La jeune couturière
Est revenue soudain
Au logis de son père.
Un jour de grand matin,
Ayant su cette affaire,
Jean, sans plus d'embarras,
Courut chez son beau-père
Se jeter dans ses bras.
   Amis, etc.

« Laisse ma fille tranquille,
Dit père Jacques à Jean,
« Crois-moi pauvre imbécile
» Sors d'ici promptement. »
Jean reprit la parole
Pour dire au beau-papa :
« Reprenez votre folle,
» Mais moi je n'en veux pas. »
   Amis, etc.   DURAND.

AU SUJET D'UN CONSCRIT.

Air nouveau.

Mon aimable amie
Je te fais mes adieux
Pour servir ma patrie
Je vais quitter ces lieux.

REFRAIN : Non jamais Autrichienne,
Anglaise ni Prussienne,
N'aura aucun droit sur moi,
Sur mon cœur ou ma foi.

Si je passe la frontière
Pour combattre désormais,
Sur la terre étrangère,
J'aurai le cœur français.
Non jamais, etc.

Pour sauver ma patrie
Je crains peu de mourir,
Mais si Dieu me laisse la vie
Je compte sur l'avenir.
Non jamais, etc.

Adieu ma belle Hortense
Objet de mon amour
Je garde l'espérance
De te revoir un jour.
Non jamais, etc.

DURAND.

L'AMANT DÉLAISSÉ.

Air de : *Je me brûle d'œil*, etc.

Mon aimable Hortense,
A su m'abandonner,
C'est pour ma récompense
D'avoir su trop l'aimer.
Mon aimable amie,
Je la rêve souvent, souvent,
Malgré sa perfidie,
Je l'aime tendrement.

Hortense m'est si chère,
Je l'aime toujours, toujours,
Aujourd'hui sur la terre,
Je vais finir mes jours.
Une infidèle amie
Que je rêve souvent, souvent
Comme étant très jolie,
Je l'aime tendrement.

Privé de mon amie,
Je suis dans la douleur,
L'aimer toute ma vie
Est le vœu de mon cœur.
Nuit et jour, sans cesse,
Je rêve souvent, souvent,
Ma gentille maîtresse,
Que j'aime tendrement.

DURAND.

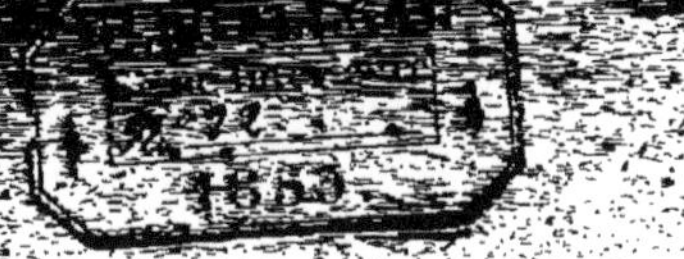

CHANSONNIER NOUVEAU

POÉSIES

DE

François DURAND

Natif d'Angerville-l'Orcher.

Chanson en l'honneur de Napoléon III, Empereur des
Français.

Air : Femmes, voulez-vous éprouver.

Réjouissons-nous, mes amis,
Chantons le bonheur de la France;
Un bon prince des plus chéris,
Fera toute notre espérance :
Nous allons voir se raviver
Les beaux-arts, la littérature,
Les travaux de l'humble ouvrier, *bis.*
Le commerce et l'agriculture.

Comme neveu de l'Empereur,
Il saura bien mettre en pratique,
L'illustre et vénérable honneur
Qu'il reçut de la République,
En réprimant les factieux
D'un gouvernement éphémère ;
Il pourra faire un sort heureux *bis.*
A la nation tout entière.

Le plaçant comme souverain,
Le peuple connut son mérite,
Secondé par l'Etre divin,
Il affirma le plébiscite ;
En dépit de ces novateurs,
Dont l'esprit plein d'indifférence,
De tous ces hommes enchanteurs,
Qui renversaient notre espérance.   *bis.*

Puisse le ciel nous conserver,
Ce bon prince, dont le courage,
A su si bien nous préserver
Du supplice et de l'esclavage ;
Sans lui, le peuple était soumis,
A d'audacieux prolétaires,
Qui se faisaient nos ennemis
Décrétant qu'ils étaient nos frères.   *bis.*

Honneur à ces braves français,
Qui ont renversé l'anarchie ;
Pour réintégrer à jamais
La plus célèbre monarchie.
Sur l'héritier dont le grand nom
Reçut toute la déférence.
Vive Louis Napoléon ! !
Vive le sauveur de la France ! ! !

N apoléon, tu régneras,
A n rappelle ta dynastie ;
P mpereur et roi tu seras,
O e peuple admire ton génie.
L n entend partout les français,
E ousser mille cris d'allégresse !
O pplaudissant à tes bienfaits,
N apoléon plein de sagesse ! ! !

LAMBERT.

Les Filles du canton de St-Romain.

Air nouveau.

Les jeunes filles de St-Romain
Ont toutes le cœur sur la main ;
Elles sont belles et bien faites
        Enfin,
    Amoureuses et coquettes,
    Comprenez ça bien.

Les filles de St-Aubin-Routot,
De Gommerville et d'Epretot,
Mouvent aussi bien la langue
        Enfin,
    Que celles de la Cerlangue,
    Comprenez ça bien.

Les jeunes filles de St-Vigor
Ont raison et jamais tort,
Elles chantent avec ivresse
        Enfin,
    Des chansons d'allégresse
    Comprenez ça bien.

Les demoiselles de St-Laurent
N'écoutent pas trop les galants,
Elles sont estimées
        Enfin,
    Comme celles de la Remuée
    Comprenez ça bien.

A Tancarville, à St-Laurent,
Les filles prennent de l'agrément
Comme celles des Trois-Pierres
        Enfin,
    Elles sont charmantes et fières
    Comprenez ça bien.

A Oudalle, on dit cependant,
Que les demoiselles boivent du vin blanc,
On dit à Saint-Eustache
        Enfin,
    Que les filles aiment les moustaches
    Comprenez ça bien.

A Rogerville aussi, on dit,
Que les filles chantent jour et nuit,
On dit à Sandouville
        Enfin,
    Que les belles sont difficiles
    Comprenez ça bien.

A Sainneville, à Etainhus,
On dit que l'amour ne va plus
Et pourtant comme à St-Gilles
        Enfin,
    Les filles sont bien gentilles
    Comprenez ça bien.

A Graimbouville, pour tout de bon,
Les filles veulent se marier, dit-on,
Ce sont de petites poulettes
        Enfin,
    Qui aiment les amourettes
    Comprenez ça bien.   DURAND.

Les filles du canton de Montivilliers.

Même air.

Les jeunes filles de Montivilliers,
Souvent ne font que babiller ;
Elles sont amoureuses
        Enfin !
    Douces et gracieuses,
    Comprenez-ça bien !

Les filles de Fontaine-la-Mallet,
Ont l'humeur et l'esprit bien faits,
Les demoiselles de Rouelles,
Enfin !
Sont jolies et très belles,
Comprenez-ça bien !

Les filles de Saint-Barthélemy,
Passent pour avoir beaucoup d'esprit.
Les demoiselles d'Octeville,
Enfin !
Passent pour être habiles,
Comprenez-ça bien !

On dit que les filles d'Harfleur,
Sont toujours de bonne humeur ;
Les filles de Mannevillette,
Enfin !
Aiment fort la chansonnette,
Comprenez-ça bien !

Les filles de Gonfreville-l'Orcher,
Ne respirent que pour danser ;
Les filles de Gainneville,
Enfin !
Sont belles comme à Rolleville,
Comprenez-ça bien !

On dit à Buglise, à Cauville,
Que toutes les filles ont trop de babil ;
Ce sont des demoiselles
Enfin !
Des amantes fidèles,
Comprenez-ça bien !

Les filles de Notre Dame-du-Bec,
Se réchauffent avec du bois sec ;
Comme celles de Manéglise,
Enfin !
N'ont jamais fait de sottises,
Comprenez-ça bien !

Les filles de Saint-Martin-du-Manoir,
Ont de superbes cheveux noirs,
Ce sont des filles belles,
Enfin !
Qui ne mangent point de chandelles,
Comprenez-ça bien !

A Epouville, pour certain,
Les filles travaillent sans chagrin ;
N'importe à quel ouvrage,
Enfin !
Elles montrent du courage,
Comprenez-ça bien !   DURAND.

Chanson au sujet d'un Pochard.

Air de la *Meunière*.

Il y a dans cette commune
Un homme à perruque, dit-on,
Malgré qu'il n'a point de fortune
Il boit sa goutte à l'occasion.
Et, lorsqu'il est plein d'eau-de-vie
Il fait du train, tout le monde voit ça ;
Quand quelque chose le contrarie
Sa colère l'emporte, il se bat.
Tra la la la la la la laire, tra la la la la la la laire.

Cet homme qui boit sans cesse
On dit partout c'est un démon,
Sitôt qu'il se met dans l'ivresse
Toujours il fait du carillon ;
Sa pauvre femme soupire
Chaque jour, tout le monde voit ça ;
Quand le grand Pierre frappe, c'est sans rire,
C'est un diable quand il se bat.
Tra la, etc.

Un jour qu'il était en ribotte
Cassait, brisait tout un cabaret,
Ne pouvant le mettre à la porte
Le cabaretier, point satisfait,
Va trouver le commissaire
Qui demeure à quelques pas de là,
Pierre dans sa terrible colère,
Les tables il renversait tout ça.
Tra la, etc.

Pierre, dans sa grande colère,
N'avait point du tout raison,
Par l'ordre du commissaire
Il fut conduit au violon ;
Les frais qu'il a faits sans doute,
Pierre est bon pour ça,
Pour avoir mis tout en déroute
Il paiera vingt francs ; seulement ça.
Tra la, etc.

DURAND.

CHANSON AU SUJET D'UNE AMOUREUSE.

Air : *Un fou là-bas*

On dit là-bas, là-bas, dans un village,
Qu'une jeune fille de très bonne maison
Vondrait bien se mettre en ménage
Avec un beau joli garçon.

REFRAIN — Dans un village là-bas,
    Une fille sage
    Veut se mettre en ménage ;
    Mademoiselle Nicolas (surnom)
Veut se marier, mais son père ne veut pas.

Lisette nuit et jour rêve le mariage,
Son père qui passe pour en être jaloux
De la gronder il en a le courage,
Dans le monde on dit qu'il est fou.
    Dans un village, etc.

D'avoir un mari pour passer son envie,
Lisette voudrait ça ; mais son père ne veut pas,
Nicolas, comme un diable en furie,
Ne cesse de faire des embarras.
    Dans un village, etc.

On dit que la jeune fille sincère
Ne fait que pleurer la nuit et le jour,
Privée d'un amant qui a su lui plaire
Laisse couler des larmes d'amour.
    Dans un village, etc.

Si le ciel protège la belle,
Un jour viendra qu'elle se consolera ;
Si son amant lui reste fidèle,
Le jour viendra qu'il l'épousera.
    Dans un village, etc.

F. DURAND.

ROMANCE.

Air : Napoléon, cet homme aimable.

Napoléon trois, dit le sage,
Proscrit jadis à l'étranger,
Prouve aujourd'hui par son courage,
Qu'il ne craint pas le danger.
On sait que son heureuse présence
Du malheur nous sauva trois fois,
Vive le sauveur de la France !
Vive l'Empereur Napoléon trois !

Les oppresseurs de la patrie,
Menacent les jours de notre Empereur,
Ceux qui conspirent contre sa vie,
Sont les amis de la terreur.
A ce prince, plein de clémence,
Jurons d'obéir à ses lois,
Vive le sauveur de la France !
Vive l'Empereur Napoléon trois !

Louis-Napoléon Bonaparte,
Naquit sous l'Empire, prince français,

Dix-huit-cent-quatorze l'écarte,
Mais il est appelé pour jamais.
Le peuple, avec reconnaissance,
Le nomme pour la troisième fois,
Vive le sauveur de la France !
Vive l'Empereur Napoléon trois !　　　DURAND.

Chanson au sujet d'un Soiffard.

Air du Cordier.

Mes amis je vais vous chanter
Ma vie pleine d'allégresse,
Souvent je veux trop ribotter
Je tombe à la renverse ;
Je m'arrose le gosier
Dans Montivilliers,
Je passe ma vie tout comme
Quoique je sois un pochard
Ardent, égrillard,
Je vis en honnête homme.

Mes amis je vous dis franchement
Que j'aime la liqueur fortement,
Sur mon nez, je tombe souvent
Quand je suis en ribotte :
Quand je suis par trop soûl,
Mon esprit devient fou ;
Quand je suis plein d'eau-de-vie,
Je me dis comme ça
Le bon Dieu est là
Pour me sauver la vie.

Je demeure très peu loin d'ici
Dedans une chaumière ;
Pour regagner mon logis
J'ai peu de route à faire ;
Comme je bois tour à tour,
La nuit comme le jour,
Souvent je fuis l'ivresse
Je gagne de l'argent
Mais encore souvent
Je suis dans la détresse.　　　DURAND.

ROMANCE

Air : de la Bretagne.

Je t'aime tendrement,
Ma petite Marie,
Non jamais de changement,
Je t'aimerai longtemps.
Toi qui es si jolie,
O ! mon aimable amie,
Quand je rêve au bonheur,

Je t'aime de tout mon cœur,
O toi qui me délaisse,
Objet de mes amours,
Je te chéris sans cesse,
Toujours, toujours.
REFRAIN :   Pauvre amie infidèle,
Que tu me causes d'ennui,
Je te jure ô ma belle
Que c'est toi (*bis*) que je chéris.

N'étant qu'un ouvrier,
Malheureux sur la terre,
Continuant ce métier,
Je suis aussi chansonnier,
Comme toi ô ma chère,
J'ai subi la misère,
Unissons-nous tous deux
Dans le but d'être heureux.
Ta rigueur est extrême
Ne fais pas d'embarras,
Belle, ô toi que j'aime
Viens dans mes bras.

  Pauvre amie, etc.

Je pense à toi toujours,
O ma belle Marie !
La nuit comme le jour
Oui, je t'aime d'amour ;
Te voyant si jolie,
Ma douce et tendre amie,
Malgré ta pauvreté
Je t'aime en vérité,
Calme donc ma tendresse,
Belle donne moi ton cœur,
Moi qui t'aime sans cesse
Je veux faire ton bonheur.

  Pauvre amie, etc.

Je t'aime autant que moi,
Et j'ai mis pour la vie
Mon amour et ma foi
Mon espérance en toi,
Ma gentille Marie
D'une âme attendrie,
Sois sensible à mon cœur,
Je suis ton serviteur.
Que le doux mariage,
Nous unisse à jamais,
Dieu dans notre ménage
Nous fera vivre en paix.

  Pauvre amie infidèle, etc.   DURAND.

Havre. — Imp. Roquencourt, Grand'Rue, 30.

9 782013 668187